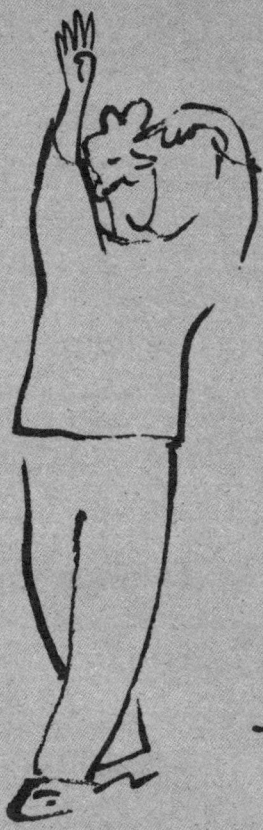

我的狼兄弟

图书在版编目（CIP）数据

我的狼兄弟/（比）瓦力·德·邓肯文；（比）安妮·维斯特文图；王奕瑶译.
—济南：山东教育出版社，2017（2018重印）
（瓦力·德·邓肯作品系列）
ISBN 978-7-5328-9851-0

Ⅰ.①我… Ⅱ.①瓦… ②安… ③王… Ⅲ.①儿童故事–图画故事–比利时–现代
Ⅳ.①I564.85

中国版本图书馆CIP数据核字(2017)第184323号

山东省著作权合同登记号：图字 15 -2017-109

Text copyright © Wally De Doncker

中文简体字版由山东教育出版社有限公司在中国大陆地区独家出版发行
版权代理公司：北京百路桥咨询服务有限公司

BRIDGING Group

WO DE LANG XIONGDI
我的狼兄弟

瓦力·德·邓肯作品系列

〔比利时〕瓦力·德·邓肯／文
〔比利时〕安妮·维斯特文／图　王奕瑶／译　张雯／审译
主管单位：山东出版传媒股份有限公司
出版人：刘东杰
责任编辑：杜聪
美术编辑：蔡璇
装帧设计：于洁
出版发行：山东教育出版社（地址：济南市纬一路321号　邮编：250001）
电话：（0531）82092664
网址：www.sjs.com.cn
印刷：上海利丰雅高印刷有限公司
版次：2018年6月第1版　印次：2018年7月第2次印刷
开本：880mm×1330mm　1/32　印张：3.375
印数：5001-10000　字数：64千
定价：20.00元

（如印装质量有问题，请与印刷厂联系调换）
　　　　印厂电话：021-68919900

瓦力·德·邓肯作品系列

我的狼兄弟

［比利时］瓦力·德·邓肯／文

［比利时］安妮·维斯特文／图

王奕瑶／译

张雯／审译

山东教育出版社

玩 笑

克杰勒坐在弹球机前的一张吧台椅上。

他拉动弹球机上的拉杆，小球快速地来回弹跳。

他的小狗亚扎躺在吧台椅边上酣睡着。

克杰勒的妈妈正在吧台给客人倒啤酒时，卢迪站到了克杰勒身边。

"两千？噢不！两万分？"他露出吃惊的眼神。

"没事别打扰我。"克杰勒嚷嚷道。

说话时他的眼睛一直盯着来回弹跳的小球。

卢迪嘴角左边叼着一根烟，拍了拍克杰勒的肩膀。

"你这架势是要成为弹球冠军吧！"他一边笑着，一边朝后门走了过去。

一群身穿工作服的男人高声喧哗地走进了咖啡馆。

其中一个戴鼻环的男人亲吻了一下克杰勒的妈妈。随后，他把包扔在了吧台后面。

"你好，尤斯。"克杰勒冲他笑了笑，顺手把一枚硬币塞进弹球机投币口。

"快三万分了。"他指了指游戏机，骄傲地对尤斯说。

尤斯凑近他，

"小伙子，真棒啊！你学得很快嘛。"

他们像篮球运动员一样击了一下掌。

亚扎舔了舔尤斯的手。

"安娜特，给我们来瓶啤酒。我们渴死了！"

其中一个男人冲克杰勒的妈妈叫道。

卢迪一边拉上拉链，一边踢踢跶跶地走了进来。

"嘿，红毛！"其中一个男人冲他打招呼。

卢迪有一头红色的头发，所以大家都称他为红毛。

"你好。很高兴见到你，托尼。"卢迪说。

他每次张嘴笑的时候，总会露出牙龈。

"今天有什么新闻？"那个男人好奇地问他。

"毛里斯，那个年迈的面包师，今天凌晨去世，心脏病。"

卢迪说话的时候喜欢用短句。

男人们吃惊地看了一眼安娜特，她点了点头，看来消息千真万确。

"真是令人伤心啊。毛里斯是个好人。"托尼叹了口气说。

"贝尔特·德·福路德的房子，要卖了！"卢迪兴致勃勃地说。

他从吧台椅上站了起来，绕着台球桌又蹦又跳。

大家见状都笑了起来，

克杰勒没笑，他仍然全神贯注地注视着弹球机。

"红毛，你怎么突然跳起舞来了？"安娜特问。

"我要买那套房子。我跟你可以搬进去住喽！"他欢呼道。

"喂，红毛，离我女朋友远点儿！"尤斯怒吼道。

他边吼边走了出来，显然已经冲了个澡，并换了一套干净的衣服。

"安娜特也是我的！"卢迪抗议道。

尤斯捏着拳头，绷紧了手臂上的肌肉，上面的纹身也随之突显出来。

他站到卢迪面前。

卢迪抬头看着尤斯，他比尤斯足足矮了一个头。

尤斯用他宽厚的胸顶住卢迪的下巴。

克杰勒用手直拍膝盖，精彩对决要开始了，高大而强壮的尤斯对身材矮小的卢迪。

尤斯一把把卢迪推到墙上，鼻孔向外呼呼吐气，像头凶猛的公牛。

"我刚刚是开玩笑的，尤斯。"卢迪小心翼翼地说。

"那就好。"尤斯笑着说。他用宽大的手掌摸了摸卢迪的头。

安娜特大声笑了起来，笑声清脆而响亮。

起飞啦！

咖啡馆里人们聊天的声音和笑声一直传到客厅。
克杰勒正拿着粉笔在石板上画画。
亚扎躺在地上，头枕着克杰勒的脚。

一只小羊羔独自走在黑暗的森林里。
树冠中有一双奇怪的眼睛在东张西望。
一只猫头鹰从小羊羔的头顶飞过。
森林上方挂着一弯忧伤的月亮。

克杰勒摸了摸亚扎的头。
突然间，楼梯吱吱作响。亚扎竖起了耳朵。
克杰勒赶紧把石板翻转过去。
过了好一会儿，门才缓缓地被推开。

“卢迪？”克杰勒吃惊地说。

“嗨！你妈妈叮嘱我，让我给你做饭，她没有时间。你知道的，我以前在船上做过厨师。”

克杰勒点了点头。他知道卢迪以前在货轮上工作过很多年。但是有一次货轮停靠在安特卫普港口的时候，他不小心掉进了载货舱，造成十多处骨折，颅骨也骨折了。他在医院里躺了几乎一年。

“妈妈又没有空吗？”克杰勒生气地问。

“咖啡馆的客人太多了。你应该明白的，孩子。”

“明白？”克杰勒叫了起来，“那我呢？我就不重要吗？我每天都一个人待在这儿。”

“好了，好了。”卢迪安慰着，坐到了亚扎边上。

“安娜特妈妈很爱你的，只是她真的太忙了，她得挣钱养家。”

“唉，”克杰勒叹了口气，“我觉得很孤独。”

“我不是在这儿吗……还有亚扎！”卢迪指了指他的小狗。

“是，这倒是。”克杰勒破涕为笑。

“我们一起玩飞行员的游戏吧？”卢迪提议说。

“好呀！我喜欢。”克杰勒忽闪着大眼睛，点了点头。

他把亚扎从膝盖上推到了一旁，亚扎趁机溜走了。

卢迪搬来五把椅子，把它们挨个摆在一起，纵向连成一排。他坐在了最前面的椅子上。

克杰勒则坐在了最后一把椅子上。

卢迪假装按了一排按钮。

他模仿飞机引擎发动的声音，并站起身来。

他有模有样地挥动着手臂进行飞行前的安全说明。

请系好安全带。不要吸烟。氧气面罩在上方。救生衣在座椅下面。

克杰勒一边笑，一边模仿卢迪的动作。

卢迪面无表情。他是个十足的飞机迷，只要电视上播过的关于飞机的电影，他都看过。

"安全带，请系好！"卢迪坐下前再次强调了一遍。

接着他和克杰勒一起把椅子向后倾斜，模仿飞机起飞的动作。

"请主意！"卢迪张开手臂叫道。

"请注意！"克杰勒坐在他后面，纠正他的用词。

"各位注意！请坐好！起飞了！"

克杰勒站在卢迪后面的椅子上，紧紧地抓住他的肩膀。

卢迪开始左右摇晃。

克杰勒玩得很是尽兴，他的肚皮痒痒的。每当他高兴的时候，肚皮就会痒。

"自驾驶员，"卢迪结结巴巴地说，"你现在可以走动了。"

"自动驾驶员。"克杰勒摇着头纠正道。

卢迪耸了耸肩。

"我来准备吃的，去冰箱里看看。"

"太好了！我饿坏了！"克杰勒兴奋地说。

亚扎跟着卢迪进了厨房。

克杰勒坐在了飞行员座位上，拿起操纵杆，并打开了几个开关。

"我会保证飞机在轨道上正常飞行的。"他冲着厨房里的卢迪说。卢迪正忙着在橱柜里找东西。

"好的。"卢迪回答说，"你知道的，红灯是警报！"

“没问题，卢迪！”

“鸡肉配蔬菜，怎么样？”

“太棒了！”克杰勒欢呼道。

他把操纵杆往上拨了拨，飞机又上升了。

有点像爸爸

"谁也没有我爸爸强壮。"尼克吹嘘道。

一群小孩坐在学校操场的长椅上。

彼得扬大笑起来,

"我爸爸可以轻而易举地扛起一大袋水泥。"他说。

克杰勒笑了笑,他一直一言不发。

"嘿,小个子,"尼尔斯问他,"你爸爸也这么强壮吗?"

克杰勒想了想,

"这个……"他犹豫不决,"我其实不知道谁才是我爸爸。我妈妈说她也不知道……不过尤斯是这个世界上最强壮的男人。"

"尤斯?尤斯是谁?"彼得扬问。

"妈妈的男朋友。"克杰勒答道。

"什么妈妈的男朋友?"彼得扬问,"他不是你爸爸吗?"

"他有点像我爸爸,但不是我真正的爸爸。他和我们住在一起。"克杰勒支支吾吾地说。

"是那个戴鼻环、个子很高的男人吗?"尼尔斯问。

彼得扬又笑了。

"戴鼻环的都是人渣。"尼尔斯脱口而出。

听到这话,克杰勒的脸色立马变得苍白,心跳也加速起来。

"尤斯才不是人渣。他是我妈妈交往过的男朋友中最友好的一个。"他辩解道。

"哎,你连真正的爸爸都没有,难怪你个子长不高。"尼尔斯仍不依不饶。

克杰勒气得面红耳赤。

他握紧了拳头,冲到尼尔斯面前。

"有本事你再说一遍!"他吼道。

尼尔斯咧嘴一笑,他比克杰勒强壮很多。

老师突然朝他们走了过来。

"发生什么事了?"老师问。

尼尔斯吓了一跳,赶紧往后退了几步。

"老师,尼尔斯欺负克杰勒。"尼克赶紧向老师报告情况。

"是吗?"老师问。

"才没有呢,我们在开玩笑。"尼尔斯露出一脸无辜的神情。

"你赶紧给我走开,别惹克杰勒。"老师生气地说道。

尼尔斯和他的一群同伴立即跑掉了。

克杰勒和尼克待在一起。他们坐在一个角落里,看操场上

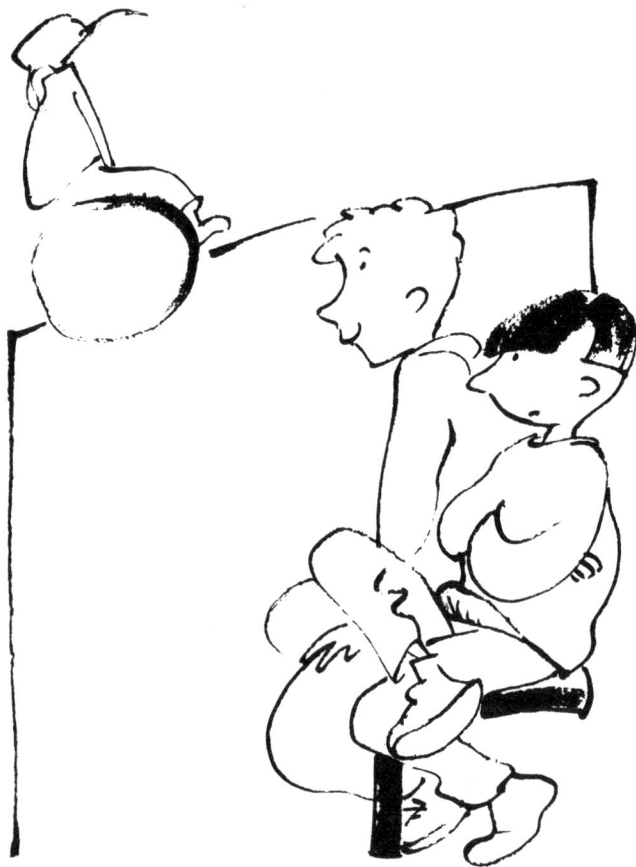

其他小孩坐在跳跳球上蹦来蹦去。

克杰勒也想玩跳跳球，可是他每次都抢不到球。有一次他好不容易抢到一个，尼尔斯却把他从球上推了下来。

"我们去踢足球吧？"尼克问克杰勒。

"我不想玩，你自己去吧。"克杰勒回答道。

"好吧。"尼克笑了笑，朝踢球的小朋友走了过去。

克杰勒耷拉着肩膀，独自坐在长椅上。

他想到了弹球机。他有种预感，今天晚上他一定能破之前的纪录。

一会儿卢迪又会来给他做饭，卢迪答应他今天晚上吃汉堡配薯条。

克杰勒的肚皮又开始痒痒了。想到卢迪会来他就很开心，卢迪对他很友善。

说不定晚上卢迪还会带一块蛋糕来，和昨天一样。想到这儿，他的口水都要流出来了。

以　前

"克杰勒，我赶时间呢！快，亲妈妈一下。"妈妈说。

克杰勒紧紧抱着妈妈不松手。

妈妈在这家咖啡馆工作以前，每天晚上都会给克杰勒讲故事。他喜欢闭着眼睛，依偎在妈妈身边听故事。妈妈温柔的声音让故事听上去更动人。

"好了，克杰勒，别闹了。我要去工作了。"妈妈有点儿不耐烦地说。

克杰勒假装没有听见妈妈在说什么，依旧抱着她不放。

妈妈轻轻地，却又毫不犹豫地挣开他的手，走了。

克杰勒失望地一头扎进枕头里。

"我一会儿忙完再来看你。"妈妈一边迈出门一边说。

克杰勒没再说什么。他努力不让眼泪流出来，但还是忍不住哭了。

以前，一切都比现在好。

当妈妈和她上一个男朋友弗莱迪分手后，没有再交新的男朋友，而是单独和克杰勒在一起住了好几年。

那时候他们住在一个没有浴室的小房子里，厕所在室外。那时候他们很穷，但是克杰勒依然觉得很幸福。

后来妈妈遇见了尤斯，并开始和他交往。

虽然尤斯是个友善的人，

但是，在他们搬到咖啡馆来住以后，一切都变得不一样了。

刚开始，克杰勒还觉得很有趣。

但是，妈妈留给他的时间越来越少。

突然，外面传来一阵挠门的声音。

"是亚扎！"克杰勒噙着眼泪笑了。

他从床上蹦了下来，为亚扎开门。

亚扎纵身一跃，跳上了克杰勒的床。克杰勒躺在它身边，紧紧抱着它。

亚扎舔了舔克杰勒的左耳耳背。

克杰勒突然想画点什么。

他起床走到书桌前，从抽屉里拿出一本笔记本。

他想了一会儿，在白纸上画了几道线。

羊羔躺在羊圈里，

蜷在一堆干草丛中。

马槽上站着一只老鼠，

它在四处观望。

一只公山羊在外面，

准备用羊角把门顶开。

克杰勒的书桌上方挂了一张很大的海报，海报上有一个飞行的超人。

克杰勒放下铅笔，盯着那张海报看了很长时间。

海报的颜色和形状渐渐地与克杰勒的画融为一体。

表兄弟们

一到周末，咖啡馆里就变得异常忙碌。

妈妈一连好几个小时都站在吧台后面，为客人倒酒。

尤斯则和当地足球队的球迷们聊天。今年，他们很有可能一举夺冠。

克杰勒的叔叔婶婶们每个周末都会到访。

不过，他们并不是克杰勒真正的叔叔婶婶，他们是尤斯的兄弟和兄弟媳妇们。

除了妈妈和外公，克杰勒并没有什么真正的家人。

但是他一年才见外公一次，也就是新年那天。

要不是外公住得太远，克杰勒倒是愿意多去他那儿串门。

克杰勒的外婆很久之前就去世了，克杰勒出生后都没有见过她。

这让克杰勒觉得很遗憾，他在收藏盒里见过外婆的照片，外婆看上去慈眉善目。

当咖啡馆实在忙不过来时，婶婶们会帮着妈妈招呼客人，收拾杯子。

妈妈太需要她们帮忙搭把手了。

克杰勒的表兄弟们每个周末都跟着一起来。

当然，他们也并不是克杰勒的亲表兄弟，不过克杰勒还是这样称呼他们。

他们并不友善。

每次克杰勒坐在弹球机上玩的时候，他们就嫉妒地看着他。

他们几个一起玩游戏的时候，表兄弟们每次都输给克杰勒。克杰勒每次都能拿最高分。

几个表兄弟没有一个人能打败他。

表兄弟们最不能忍受的，就是每次克杰勒问妈妈要硬币玩游戏的时候，妈妈都会毫不犹豫地给他。当然，他们并不知道每次把游戏机清空时，硬币又会回到妈妈手里。

杰斯是最霸道的一个孩子。

他今年十岁，也是几个表兄弟中年龄最大的。

他的一只耳朵打了耳洞，并以此为豪。

"我是个海盗。"他常常说。

他是几个表兄弟中的孩子王，做事情总是不达目的不罢休，而且谁也不怕。

如果有什么事不合他心意，他就立马挥拳头。几乎所有

的孩子都怕他。

　　卡尔八岁，他是杰斯的忠实追随者。

　　几个月前，他去集市也打了个耳洞。

　　萝拉婶婶知道后十分生气，一回家就狠狠敲了他头好几下。

　　斯戴夫是三个孩子里最小的一个，

　　他刚刚满六岁。

27

和他爸爸——弗雷叔叔一样，他也在学空手道。

克杰勒比斯戴夫大一岁，但是斯戴夫却比他更高更壮。

当然，他的表兄弟们偶尔也会装得很友好。

那就是当他们可以免费玩弹球机的时候，或者是克杰勒给他们吃薯片和坚果的时候。

但其他时候，他们都很凶。

他们常常威胁克杰勒，扬言要揍他。

克杰勒尽量避免和他们单独相处。

上一次在储物间，他们无缘无故地就来回推搡克杰勒。

他们还用力踢克杰勒的脚。

幸好妈妈及时走进储物间，不然他们不会善罢甘休。

疯　子

卢迪和克杰勒一起走过商业街。

和往常一样，卢迪嘴里叼着一根烟。

克杰勒提着购物袋。

卢迪逢人便打招呼，他总是兴高采烈的样子。

"今天晚上，番茄汤配肉丸。"他唱道。

"太棒了！"克杰勒点点头。

突然，卢迪在街上又蹦又跳地往前跑了起来。

克杰勒并不在意。

番茄汤配肉丸，

番茄汤配肉丸！

每次唱到"肉丸"这个词的时候，卢迪就会弯着膝盖，蹲一下。

邮差骑车经过，
笑着冲卢迪喊：

"红毛，跳一个！"

卢迪追着邮差跑。

邮差站在自行车脚踏
板上，加快了骑车速度。

卢迪跑到了马路中
间，伸开双臂，

他身后跟着两辆车。

卢迪沿着马路中间的
分道线一边向前走，一边
左右摆动着身体。

路上驾车的司机们耐心地跟在他身后，前行速度如同蜗
牛一般。很快，马路上就排起了一条长长的队伍。

没有一辆汽车按喇叭，这个区的每一个人都认识卢迪。

但没有人会因为他这样疯疯癫癫的举动而生气。

过了好一会儿，卢迪才回到了马路边。他像一个交通指
挥员一样，挥动着手臂，让车子一辆辆通行。

司机们纷纷向他致敬。

一辆面包车的司机生气地用手指戳了戳额头，暗骂他
笨蛋。

很明显，他一定不是这个区的住户，不然他肯定认识卢迪。

卢迪笑着学他的动作。

克杰勒很羡慕卢迪。他无所畏惧，我行我素。

然而，并没有人会真正生他的气，

甚至连警察都对他的行为视而不见。

"红毛脑子摔坏了，他就是个疯子。"尤斯有时候会说。

克杰勒听了这话很生气。

在他眼里卢迪并没有疯，

他从不伤害任何人。

更重要的是，他是克杰勒最要好的朋友。

海战游戏

这一天是星期六晚上，市中心有嘉年华活动。

安娜特的咖啡馆气氛很热闹。

克杰勒和卢迪坐在一个角落的小桌子旁，他们在玩色子。

克杰勒的表兄弟们一边吃冰激凌，一边来回溜达。

突然，人们纷纷移身，把吧台旁的空间都留了出来。

一群音乐家排着整齐的队伍走了进来。

大家热烈鼓掌欢迎他们。

一位穿着短裙的老妇人站到椅子上，表示有话要说。

她的浓妆遮住了脸上的皱纹，

蓝色的眼影和鲜艳的口红格外引人注目。

　　"亲爱的安娜特，衷心感谢你邀请我们今晚来到你的咖啡馆演唱。"她大声地说道。

　　手风琴师演奏了几个音符之后，小提琴手也轻声附和了进来。

咖啡馆安静下来。

"女士们，先生们。我们的第一首歌曲是关于一位兽医被谋杀的故事。这首歌是由我们的手风琴师——吉安作词作曲的。"

"太棒了！"人群中有人欢呼道。

老妇人清了清嗓子，开始唱了起来：

这是一首

忧伤的歌，

一首关于仇恨的歌……

她的声音很低沉。

杰斯冲克杰勒招手示意。

克杰勒对听歌并没有多大兴趣，他从人群中挤了出去。

"我们去厨房玩儿吧？"杰斯问他。

克杰勒犹豫了一会儿，

"玩什么？"他问道。

"海战游戏。"杰斯说。

"好呀，为什么不呢？"克杰勒笑着说。

海战游戏是他最喜欢的室内游戏，杰斯也是知道的。

克杰勒带着几个表兄弟走进厨房。

卡尔和斯戴夫笑着交换了一个眼神，并用胳膊轻轻顶了下对方。杰斯眨了眨眼睛。

他们坐在厨房里的桌子边上。

克杰勒从柜子里拿出装有海战游戏的盒子，并把它放在了桌上。

"我们把游戏摆好，你去给我们拿几包薯片和一大瓶可乐。"杰斯命令道。

克杰勒点了点头。他并没有抗议，因为他终于可以玩自己喜欢的游戏了。

他朝咖啡馆走了过去，表兄弟们在他身后大笑起来。

音乐的声音传到了厨房里。

克杰勒抱了两袋薯片和一大瓶可乐回来。

"你去把门关上，这样我们就听不到外面的鬼哭狼嚎声了。"杰斯再次命令道。

卡尔早已拿出玻璃杯放在了桌上。

他只拿了三个。一个给杰斯，一个给斯戴夫，还有一个给他自己。

很明显，他故意没有给克杰勒拿杯子。

克杰勒把三个杯子都倒满了可乐。杰斯撕开一包薯片，他首先把里面附带的赠卡拿了出来。

"这张卡我还没有呢。"克杰勒也想要。

"我也没有。"杰斯阴险地笑了笑，然后把赠卡放进了自己的口袋里。

克杰勒想从柜子里再拿一个玻璃杯。

"把杯子给我放回去！"杰斯命令道。

"可是我也口渴了啊！"克杰勒抗议道。

杰斯面露凶相，站了起来。

"我才不在乎！把杯子放回去，你听见了吗？"

克杰勒吓得不敢说话，赶紧把杯子放回了柜子里。

表兄弟三人大笑起来，他们又一次成功地捉弄了克杰勒。

游戏开始了，第一场比赛杰斯和克杰勒是对手。

斯戴夫和卡尔在一旁围观。

杰斯先发制人，他将克杰勒的一艘巡洋舰击沉。

不过，克杰勒很快又击沉了杰斯的战舰。

克杰勒开心地举起双手，欢呼雀跃。

杰斯和他的跟随者一副脸色难看的样子。

最终，克杰勒获胜。

"你这个白痴！"杰斯骂骂咧咧道。

"也就是运气好罢了。"克杰勒充满歉意地说。

卡尔生气地用力一挥手，把游戏盒从桌上摔到了地上。

"你真是个讨厌的家伙，你知道吗！"他怒吼道。

克杰勒不明白他为什么开始大喊大叫。

杰斯和斯戴夫用力把克杰勒从椅子上拽了下来，并强行把他拖到了储物间。

"别碰我！"克杰勒大声叫了起来。

可是没有人能听到他的叫声，咖啡馆里正响起一片掌声。

卡尔抓住他的头，用力往墙上撞去。

他和斯戴夫一起紧紧抓住克杰勒的胳膊，使得他不能动弹。

杰斯奸笑着盯着克杰勒。

"终于逮着你了！你这个蠢笨的矮个儿猴子！"

他狠狠地朝克杰勒的肚子打了几拳。

克杰勒疼得大叫起来。

卡尔赶紧捂住他的嘴巴，不让他吱声。

杰斯又重重地给了克杰勒几拳。

卡尔和斯戴夫开始踢克杰勒的腿。

克杰勒的眼泪大滴大滴地顺着脸颊直往下流。

杰斯一把抓住他的头发，又一次把他的头往墙上撞去。

克杰勒眼前直冒金星，

他的脸色变得苍白。

杰斯抓住他的脖子，说：

"不许和任何人说，明白吗？不然下次我们会揍得更狠！"他怒吼道。

克杰勒只能点头，他还能怎样呢？

他的三个表兄弟揍完他之后跑了出去。

克杰勒背靠着墙，无力地跌坐在地上。

他浑身上下疼痛无比，他们下手真的非常凶狠。

克杰勒费了很大的劲才站起身来，呻吟着爬上楼梯。

他小心翼翼地不想让任何人看见。

他顺着台阶一级级往上走，越走越痛。

当他打开门的时候，亚扎冲他跑了过来。

克杰勒见到亚扎，一下子跪在地上，抱着亚扎号啕大哭起来。

亚扎舔了舔他脸上的泪水。

坏 蛋

刚到傍晚，克杰勒已经躺在床上了。

身体的疼痛比之前缓解了一些，他的眼泪也干了。

克杰勒觉得又累又恶心。

亚扎躺在床边地毯上睡着了。

克杰勒想清空大脑，什么都不去想，可是他却做不到。

他脑子里一直浮现出那几个表兄弟狰狞的面孔。

他仿佛又感觉到有人在用力打他的肚子。

他看了看墙上的海报，上面的超人面带微笑。

如果你在就好了，克杰勒想。

他合上了疲惫的双眼。

超人以极快的速度绕着屋子转圈。

他渐渐变得越来越大，和真人一样大。

"我来帮助你!"他一边笑,一边抚摸着克杰勒的脸。

亚扎一动不动地躺在地上。

"我帮你去抓那几个坏蛋,你也一起来吧!"

他把克杰勒放在肩膀上,打开窗户,飞了出去。

他飞过城市上空。

克杰勒的几个表兄弟正坐在摩天轮里,朝下面的人吐口水。

超人快速飞向摩天轮,用力转动摩天轮,摩天轮以飞一般的速度一圈圈转了起来,让人头晕目眩。

"你们这群恶魔!"超人喊道。

表兄弟们完全没有反应过来,不知道究竟发生了什么。

他们吓得尖声惊叫,杰斯的叫声最大。

克杰勒脸上露出满意的笑容。

超人让摩天轮停了下来,和克杰勒一起飞回了他的房间。

他坐在克杰勒床沿,点燃了一支烟。

"你怎么这么早就睡了?"他问克杰勒。

是卢迪!

他一边问,一边用嘴吐着烟圈。

克杰勒睁大了眼睛。

"怎么了,克杰勒?你生病了吗?"卢迪问道。

克杰勒呻吟着。

"你感觉怎么样?"卢迪焦急地问。

"我胃疼得厉害。"

"你吃什么了？"卢迪关切地问他。

"薯片，还有炸肉丸子。"克杰勒说。他看上去脸色很苍白。

卢迪摇了摇头。

"这些都不健康。你好好躺着，我去给你拿胃药。"

"不，不用了。"克杰勒在他身后喊道。

卢迪假装没有听见他说话，他翻箱倒柜帮克杰勒找药。

克杰勒仔细检查了一下被子，看有没有包裹好全身。这样，卢迪就看不到他身上青一块紫一块了的伤痕了。

或者，是不是应该告诉卢迪究竟发生了什么？

卢迪是他最信任的人。好朋友一定能保守秘密，他一定不会把这件事告诉妈妈和尤斯。

或许，卢迪会马上告诉妈妈发生了什么？

卢迪很喜欢妈妈。而爱会让人变得盲目，不值得信任。他和妈妈一定无话不说，至少克杰勒是这么认为的。

如果妈妈知道了这一切，一定会生表兄弟们的气，谁知道她接下来会怎么做……

这样一来，婶婶们肯定会迁怒于妈妈，再也不来帮忙了。

那这应该怪谁呢？毫无疑问，当然是他了！

不，对于表兄弟的行为，他决定只字不提。他觉得这样做是最合适的。

他朝被子里看了看，揉了揉疼痛的肿块。

克杰勒身上有好几处淤青，一块在胳膊上，一块在大腿上。

他小心翼翼地轻轻揉拭着，虽然动作很轻，但是也疼痛难忍。

不能让人看到。

如果是以前，妈妈一定早早地就发现了。

那时候，妈妈每天早上都帮他洗漱。

但是现在，她完全没有时间照顾克杰勒，她每天早上很早就要起来打扫咖啡馆。

克杰勒只能自己洗漱、洗澡。

以前妈妈会帮他往身上涂香皂，在头上抹洗发水。

然后帮他洗头，并用淋浴喷头冲干净头上的洗发水。

上次他洗澡的时候叫妈妈过来，妈妈却没有理他，因为她实在忙得抽不开身。

那次是萝拉婶婶帮他洗的澡。

克杰勒觉得很不好意思。除了妈妈，他不愿意让任何人给他涂香皂、抹洗发水。再说了，萝拉婶婶，也就是卡尔的妈妈，并不是他真正的婶婶。

那次洗澡的时候，克杰勒哭了。因为害羞，更是因为愤怒。

萝拉婶婶肯定告诉卡尔这件事了。

不，他再也不想发生这种事情了。

亚扎跳上克杰勒的床，

克杰勒轻轻抚摸它的毛。

卢迪又走进了房间，

他手上拿着一个玻璃杯。

"来，喝掉这个。"他说，"治胃痛的，喝了很快就好。"

克杰勒点了点头，他一口气把冲剂全喝了下去。

当然，他知道这个冲剂其实一点儿作用也没有。没有任何药能治疗他因为挨揍而导致的胃痛。

克杰勒苦着脸，把杯子放在了床头柜上。

卢迪满意地点了点头，

他帮克杰勒掖了掖被子。

"睡吧，明天就好了，明天我给你做好吃的。"

超人也冲克杰勒眨了眨眼睛。

克杰勒心情平静了许多，

他合上了眼睛。

蠢货！

这个周末，咖啡馆比往常清静许多。嘉年华狂欢周刚刚结束。

表兄弟们围在桌前玩扑克牌，婶婶们也坐在那儿。

克杰勒和妈妈站在吧台的后面。

克杰勒在玩水槽里的泡沫。

"克杰勒？我们还差一个人，才能玩这个游戏。你要一起来吗？"杰斯故作友好地问道。

克杰勒摇了摇头。

他紧紧贴着妈妈。

"去吧，克杰勒！一起去玩儿吧！不用在这边帮忙啦。"妈妈说。

"我不！"克杰勒喊道。

表兄弟们和婶婶们惊讶地看着他。

"去吧，克杰勒，听话。你不加入的话，你的好朋友们没法玩。"萝拉婶婶说。

"不，我才不要！神经病！"克杰勒尖叫道。

他从吧台跑开，跑到了内屋。

他把自己锁在女厕所里。

"安娜特，你应该好好管教一下你儿子。

七岁的小孩怎么能说出这样的话呢！"安妮婶婶吃惊地说。

"唉……他最近很奇怪。我也不知道他究竟怎么了。"安娜特嚷嚷道。

表兄弟们想去追克杰勒。

"他在哪儿？"杰斯吸了吸鼻子，问道。

克杰勒屏住呼吸。

表兄弟们透过厕所门缝往里看，

他们先在男厕所找了找。

克杰勒听见他们踹门的声音。

"蠢货！你在哪？！"斯戴夫吼道。

"我们一定能找到你！"

克杰勒小心翼翼地爬到马桶盖上站着。这样，他们就看不到他的脚了。

"他肯定在女厕所里！"斯戴夫边说边朝女厕所走去。

克杰勒的心都提到嗓子眼了，他能感觉到表兄弟们就站在门外。

表兄弟们突然不说话了。

克杰勒听到碎碎的脚步声。

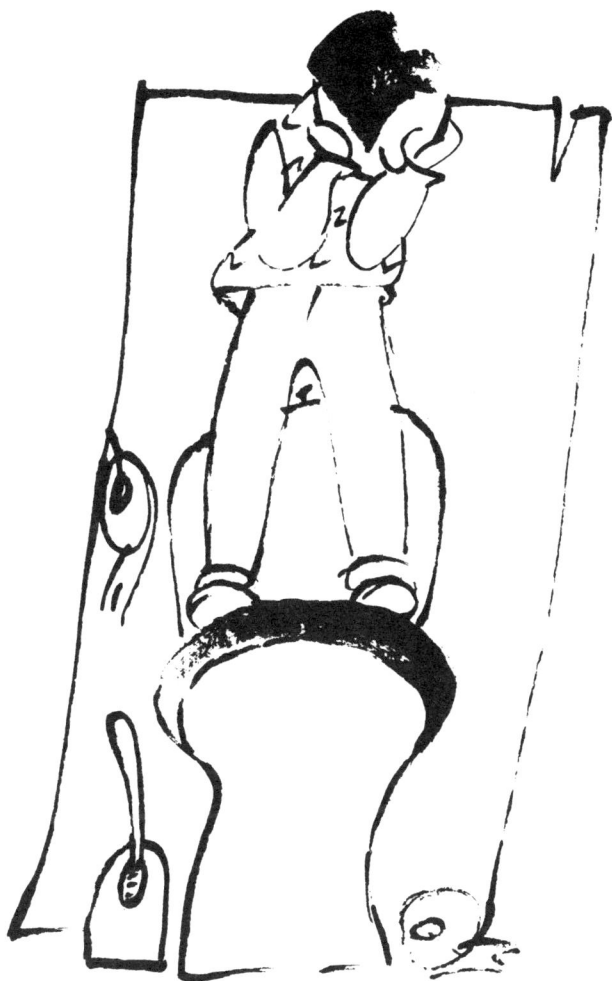

他很害怕，他又想起了超人，这一次超人会来帮他吗？
表兄弟们开始拼命地用力敲门。

　"蠢货！傻瓜！白痴！"他们的骂声此起彼伏。
克杰勒用手捂住耳朵。

他嗓子很干，脚不住地发抖。

过了一阵，终于安静下来。

克杰勒听见了表兄弟们离开的脚步声。

他松了口气，深呼吸了几下。

"这怎么回事？"有人问道。

克杰勒马上听出这是卢迪的声音。

他立即打开厕所的门，朝卢迪跑了过去。

"你怎么在这儿？这可是女厕所啊！"卢迪满脸惊讶地问他。

克杰勒刚一张口，就想到之前的顾虑，于是决定继续隐瞒真相。

"我们在玩游戏呢。"克杰勒肩膀微颤着说。

"那就好。"卢迪笑着说。

燃烧的烟头

克杰勒和卢迪一起走进咖啡馆。

表兄弟们冲他友好地挥了挥手。

"你好啊，克杰勒。"斯戴夫笑着说，"要不要和我们一起玩游戏？"

一旦身边有大人在，他们对克杰勒的态度就伪装得出奇地友好，这让克杰勒很是吃惊。

"不了！"克杰勒生气地说，"我更想玩弹球机。"

咖啡馆进来了一大群人，

婶婶们立即起身去帮妈妈招呼客人。

表兄弟们在玩纸牌游戏，不过他们一直密切地关注着克杰勒的一举一动。

弹球机上的分数累积得越来越高。克杰勒忙得不亦乐乎，完全忘记了自己在咖啡馆里，而表兄弟们正盯着他。

还差两千分，他就打破纪录了。

表兄弟们坐在一桌玩纸牌的男人旁边。

其中一个男人起身去上厕所，

他把正在燃烧着的香烟横着放在了烟灰缸上。

杰斯过去一把顺走了香烟，其他的男人都没发现。杰斯拿着燃烧着的烟头，朝克杰勒走去。

他奸笑着站在了克杰勒边上，把烟藏在了身后。

克杰勒正聚精会神地用力按着弹球机上的键盘。

杰斯看了看四周，以确保周围没有大人看出他的计划。

其他几个表兄弟贼笑起来。

"太好了！"克杰勒欢呼道。

欢呼声刚落下，杰斯就把燃烧着的烟头用力地摁在了克杰勒的右手上。

克杰勒疼得大叫起来，

他吓得从椅子上摔了下来。

"怎么了？"尤斯问。他完全不知道刚才发生了什么，吧台旁的那群人挡住了尤斯的视线。

杰斯迅速跑到了咖啡馆外面，另外两个表兄弟紧随其后。

克杰勒看了下自己手上被烫的伤口，

赶紧跑进了厨房。

"怎么了，克杰勒？"尤斯问他。

"没什么。"克杰勒回答道。他努力让自己表现得很勇敢。

他打开厨房的水龙头冲着伤口，

冷水缓解了一些疼痛。

歪七扭八

克杰勒把一条擦手巾打湿，放在烫伤的那只手上。

他坐在厨房桌子前，

亚扎躺在他脚边。

克杰勒试着写点东西。

有一门语言课的作业他还没有完成，但是他什么也写不了。

他每写一划，就感觉到皮肤如针刺般疼痛。

他的字写得歪七扭八，像一幅扭曲的风景画。

克杰勒听见有人上楼的脚步声，他看了看挂在墙上的时钟。

应该是卢迪，他想。

不过，这次是尤斯。

尤斯上楼的脚步声比卢迪更沉，而且他比卢迪走得更快。

克杰勒赶紧把手藏在桌子下面。

亚扎朝门口走去，他开始紧张地喘气。

尤斯笑着走进房间。

"嗨，你在忙着写作业吗？"尤斯松了口气。

"是啊。"克杰勒若无其事地回答道。

"对了，克杰勒，你刚刚为什么要在咖啡馆大叫呢？"

"这个……"克杰勒犹豫了一下，"因为我……从椅子上摔下来了。"

"摔疼了吗？"

"有一点儿疼，不过已经好些了。"

"那就好。"尤斯点点头。

亚扎朝尤斯扑了过去，尤斯把它推开。

"我累了。"尤斯叹了口气，说。

"你去沙发那休息会儿吧。"克杰勒说。

他用牙齿紧紧咬着嘴唇，不想让尤斯发现他疼得厉害。

尤斯走到克杰勒身后，看了会儿他的作业。

"这是什么作业？"

"填字练习。"克杰勒说。

尤斯摇了摇头，

"你的字怎么写成这样？一直都这样吗？"

"不是的……"克杰勒吞吞吐吐地说。

尤斯没等他说完，

哼了一声，打开冰箱，拿出一瓶啤酒。

"学校应该让孩子多一些玩耍时间。记得我上学那会儿，几乎没有家庭作业。"

说罢，他用叉子前段熟练地撬开啤酒瓶的瓶盖。

"我去沙发上躺会儿，不介意我看会儿电视吧？"尤斯打了个哈欠，说。

"没事，我本来就要回房间去了。"

尤斯拍了拍沙发，亚扎爬到沙发靠枕上，坐在了尤斯身边。它心满意足地舔了舔尤斯的耳朵。

克杰勒蹑手蹑脚地离开了房间，走的时候仍用湿毛巾捂着右手。

卢迪医生

又到了早上。

卢迪来到克杰勒的房间。

克杰勒还躺在床上。他穿着睡衣，右手的伤口上裹着一块手绢。

"克杰勒。"卢迪在他耳边轻声说。

克杰勒睁开一只眼睛。

"该去学校了。"

克杰勒点点头，试着坐起来。

当他用右手撑在床上想起身时，突然疼得大声呻吟起来。

"怎么了？"卢迪惊讶地问道。

"没什么。"克杰勒说。疼痛从他的眼神中透露了出来，他试着把右手藏在背后。

"让我看看！"卢迪说。

"不！"

"让我看看，听见没有！"

克杰勒吓了一跳，

他拆开手绢。

"我撞到柜子了。"他对卢迪撒谎。

"哪个柜子？"

"厨房里那个。"

卢迪睁大眼睛看着那丑陋的伤口。

"得赶紧处理，不然伤口会溃烂的。"他一脸严肃地说。

"真的吗？"克杰勒声音直颤抖。

"当然了！"卢迪果断地说。"你先去清洗伤口，我这就回来。"

"妈妈在哪儿？"克杰勒问。

"她和尤斯在一块儿呢，他们去买菜了。"卢迪说。

"她都没有告诉我。"克杰勒自言自语道。

"你正在睡觉，她不想吵醒你。"

克杰勒下了床。他打开水龙头，用水拍了拍脸，

接着用左手擦干了脸。

亚扎进了房间，

它开始舔克杰勒受伤的手。

克杰勒并没有阻止它，因为这样反而能缓解他伤口的疼痛。

卢迪拿着一个瓶子和一包创可贴走进房间。

"伤口清洗了吗? 用香皂了吗?"

克杰勒点了点头。

"好。躺床上去, 我来帮你, 就像医生一样。以前在船上, 我帮很多船员护理过伤口, 水手都得是全能的。"

克杰勒冲他笑了笑。

卢迪真是一个贴心的好朋友。

如果没有卢迪，他该怎么办？

"注意哦，会有点疼。"卢迪提醒他。"你试着想一些有趣的事情，转移一下注意力。"

克杰勒看着海报上的超人，超人似乎一直都在看他。克杰勒朝哪儿看，超人的眼神也朝哪儿看。

克杰勒朝超人眨了眨眼睛。

趁着那时候，卢迪把药涂抹在了克杰勒的伤口上。

克杰勒尖叫起来。

"再贴个创可贴就好啦，"卢迪安慰他说，"然后就奖励你饼干！"

卢迪小心翼翼地把创可贴贴在了克杰勒的伤口处。

克杰勒松了口气，笑了。

他抱住卢迪，亲了亲他的头，

然后走出了房间。

卢迪一脸迷茫地看着他。

躲在一旁

所有的同学都在体育馆隔壁的更衣室换衣服。

他们个个迫不及待，因为体育课是他们最喜欢上的课。

体育老师帮亨德里克把鞋带松开。

尼克坐在克杰勒身边。

尼克差不多换好了衣服，只要再把运动T恤换上就可以了。

克杰勒却一动不动地坐在那儿。

"快点儿，克杰勒，不然大家都得等你了。"尼克催促道。

"我身体不太舒服，"克杰勒说，"我的手很疼。"

其他同学都换好了衣服，进入体育场，并坐在了黄线上。

克杰勒却站在一旁。

杨老师朝他走来。

"克杰勒，你怎么不换运动衣呢？"他问道。

"我不太舒服，"克杰勒说，"我肚子疼。"

"怎么了? 是不是想上厕所了?"

"不, 杨老师。"

杨老师抓起他的右手, 仔细地看了看上面的创可贴。

"你把自己弄伤了?"

克杰勒没有吱声。

"克杰勒, 你是不是把自己弄伤了?"杨老师重复了一遍。

克杰勒的同学们不耐烦地坐在地上等他,

他们迫不及待地要开始运动。

克杰勒把手缩了回去。

"我撞到柜子了。"他说。

"是吗, 真的吗?"杨老师一边应着, 一边仔细观察创可贴下面的伤口。"我给你换一个新的创可贴好吗? 你这个太脏了。"

"不用了,"克杰勒说,"卢迪会帮我换的。"

"卢迪? 卢迪是谁?"

"他是我最好的朋友。"克杰勒笑着说。

"那就好, 让他给你换吧。"杨老师叹了口气说。

他吹响了口哨。

同学们兴奋地起身, 开始绕圈跑起来。

"克杰勒, 你去把衣服换了吧。如果肚子舒服一点, 就和我们一起上课吧。"

"必须换衣服吗?"克杰勒问。

"是的。"杨老师严厉地说。

大家跑步的速度都差不多。

克杰勒慢慢地脱下衣服，生怕杨老师看到他身上的几处淤青。

杨老师在体育场中间放了几个运动坐垫，

同学们按照顺序在每个坐垫上做一个后滚翻。

克杰勒脱下衬衣。

他上臂的淤青颜色变得更深，刚好从短袖上衣的袖口处露

出来。

看来实在没有办法遮住这个伤口了，

或者可以穿上毛衣，这样就没人会看见了。

他脱下长裤，

大腿上也能看到这些颜色怪异的淤青。

不过，如果他把运动裤往下拉一点，就刚好遮住淤青处了。

杨老师朝克杰勒走了过来，

"怎么样，你觉得好些了吗？"他担心地问道。

"嗯。"克杰勒点点头。

"你觉得冷吗？"

"是的。"

"还是把毛衣脱了吧，一会儿运动起来，你很快就不会觉得冷了。快一点哦！"

克杰勒脱下毛衣，把运动衣一边的领子和袖子往下拽了拽。

他和其他同学坐在了一起。尼尔斯突然大笑起来，

"你尿裤子了！"尼尔斯嘲笑他说。

大家都笑了起来，

连尼克也没忍住。

克杰勒的上衣、裤子被自己拽得歪七扭八，样子看上去确实很奇怪。

他坐在黄线上最不起眼处，尽可能不让人注意到他。

他用手捂住满是泪水的脸，

同学们的嘲笑声就像钟声一样在他脑子里嗡嗡作响。

他想和其他人隔离开来，

和杨老师，

和学校，

和整个世界隔离。

超人这时候来救他就好了。

或者卢迪来也行。

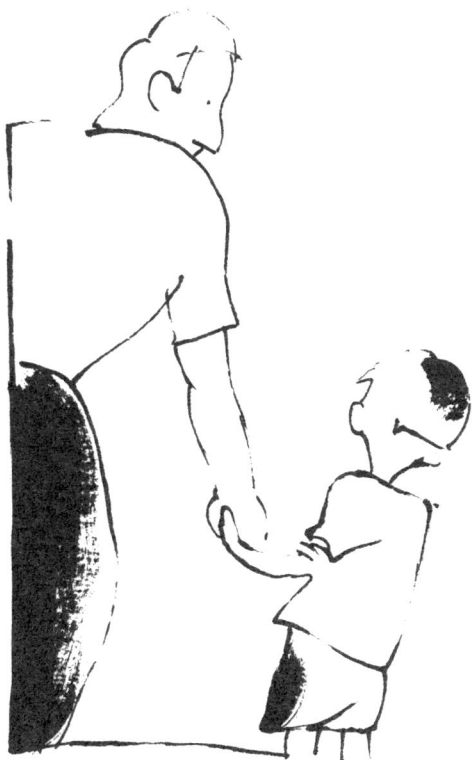

老师让大家安静下来，

他把几个球扔到了场地中间。

"大家分散开！去拍球！提姆，注意脚下！"

他喊道。

随后，他轻轻拉起克杰勒的手，把他带到器械存放处。

克杰勒再也忍不住了，号啕大哭起来。

杨老师试着安慰他，但无济于事。

当看到克杰勒手臂上和大腿上的一块块淤青时，他大吃一惊。

疑　问

杨老师在里克老师耳边轻声嘀咕了几句，

他指了指克杰勒。

"我卜午和他谈谈。"里克老师点点头说。

里克老师上课的时候发现克杰勒写字有些困难。

"手很疼吧？"他轻声问克杰勒。

"还好，有点儿疼。"克杰勒说。

"实在不行，就先不要写了。去读书角看看书吧。"老师担心地说。

"没有关系的。"克杰勒鼓起勇气说。

身边每个人都在不断地问他这个那个，这让他觉得有些心烦。

先是杨老师问起他身上的淤青是怎么来的，他似乎不相信克杰勒的回答。

接着在玩游戏的时候尼克又问他："你怎么撞到柜子的? 为什么刚刚你哭得那么厉害?"

克杰勒只想一个人静静。

午休前, 里克老师问克杰勒课后是否能在教室多待一会儿。

通常, 只有受处罚的学生才会被要求留堂。

一定和昨天的语言作业有关,

他肯定得重新做一遍。

其他学生都走出了教室。

"我在操场等你。"尼克答应克杰勒说。

里克老师关上了门。

该来的还是要来了。克杰勒想。

他一会儿肯定要说我作业的字迹太潦草了。

尽管内心忐忑, 但克杰勒还是表现得很镇静。

"坐下吧, 克杰勒。"

克杰勒坐在了椅子上。

里克老师在他身边坐了下来, 他从来没有这样过。

他清了清嗓子, 不知道如何开口。

"杨老师说, 你在家撞到柜子了……"

噢不, 克杰勒想, 不会又要开始问了吧? 我不会告诉任何人事情的真相。

"是的, 昨天晚上。"克杰勒叹了口气, 说。

"你撞到哪儿了?"

"撞到右手了,还有手臂和腿。"

里克老师抓起他的右手。

"你的创可贴必须要换了。"他说。

原来如此,克杰勒想,他只是想给我换个新的创可贴而已。

里克老师站起身来,从那个高高的柜子里拿出急救箱。

里克老师平日还是挺友善的。

只有在非常生气的时候,他才会大吼。他大吼的样子让克杰勒很害怕。

里克老师撕开创可贴。

克杰勒咬紧牙关。

"啊!"老师吓了一跳,"伤口很奇怪,像是被香烟烫伤的……"

克杰勒拼命摇头。

"不是的,老师,真的不是烟烫的。我就是撞到橱柜的边角了。"

"真奇怪。"里克老师吸了口气,说。

他给克杰勒的伤口消了毒。

"克杰勒,你确定是撞到柜子了吗?"他盯着克杰勒的眼睛,又一次问道。

克杰勒几乎不敢直视老师的眼睛,

看得出来,老师并不相信他说的话。

"是亚扎咬的。"克杰勒赶紧纠正道,"亚扎是我们家的狗,伤口是他咬的。"

里克老师若有所思地点点头。

"我在逗它玩的时候不小心被它咬伤了。"他赶紧补充道。

"嗯，嗯。"里克老师又问："那这些紫色淤青块是怎么回事呢？"

"亚扎咬了我以后，我又不小心撞到一把椅子，摔了一跤。"

"我可以看看你被撞的地方吗？"里克老师问道。

又来了，克杰勒心想。

克杰勒把衬衣袖子挽了起来，让老师看他手臂的淤青块。

"如果我没有理解错的话，是亚扎先咬了你，然后你又撞到椅子摔了一跤，把手臂摔青了，是这样吗？"

"没错。"克杰勒点点头。

"然后……"

"什么?"克杰勒不安地问道。

"然后你的腿又撞到柜子了?"

克杰勒开始犹豫不决。

应该说出真相,还是继续撒谎?

他那些谎言听上去都不可信。

最后他决定还是把谎言继续编下去。

"是啊,后来又撞到了柜子……哦不,是椅子。"他支支吾吾起来。

"你妈妈知道吗?"

"不,老师,她不知道。"

"为什么不告诉她?"

"我妈妈太忙了,我只告诉了卢迪和超……"

克杰勒差点把"超人"两个字脱口而出,

这样老师就会更一头雾水了。

"卢迪?卢迪是谁?"老师问。

"他是我的好朋友。"

"卢迪多大了?"

"我也不知道,应该和妈妈差不多大吧,我觉得。"

老师半信半疑地看着他,

"卢迪平时都和你玩什么呢?"

"各种好玩的游戏呀!"克杰勒笑着说,"我们玩开飞机,还玩抢椅子,还有单脚跳。"

"你是开玩笑吗?还是真的?"里克老师严肃地问。

“当然是真的了。”克杰勒生气地说。

　　“我必须尽快和你妈妈谈谈，小伙子。你可以走了。”老师深深叹了口气。

　　克杰勒离开了教室。

束手无策

克杰勒独自坐在客厅的桌子前。

楼下鸦雀无声，

妈妈的咖啡馆已经停止营业好几个小时了，

里克老师约了她谈话。

克杰勒开始坐立不安。

昨天晚上他让妈妈看了自己受伤的地方，

他手上烫伤的地方妈妈当然也注意到了。

他对妈妈也撒了个谎。

亚扎正躺在沙发上做着美梦。它的眼球在眼皮下来回转动，爪子挥来挥去，还时不时发出短促的叫声。

克杰勒拿起桌上的报纸，

他抓起一支圆珠笔，在报纸四周的空白处开始涂鸦起来。

报纸上方空白处的图画也越来越清晰。

一只小羊羔的头，

周围是三只狼头。

它们张着血盆大口，

它们的牙齿锋利无比，

它们的眼睛直勾勾地盯着美味的小羊羔。

亚扎睁开一只眼睛，然后又立刻闭上了。

克杰勒轻轻抚摸着他心爱的狗。

他开始后悔，之前不应该对老师撒谎。

如果一会儿妈妈要把亚扎赶出家门怎么办。

克杰勒把脸贴在亚扎头上，他感觉到亚扎的呼吸。

"我亲爱的亚扎。"他轻声说。

没一会儿，克杰勒听见了钥匙的声音，还有高跟鞋踩在地上的嗒嗒声。

是妈妈来了！

克杰勒不禁紧张起来，

他很害怕听到妈妈接下来要说的话。

他的手指不停地颤抖，呼吸也急促起来。

亚扎竖起耳朵，坐直了身子。

克杰勒赶紧从地上拿起一本书，装模作样地阅读起来。

"嗨，妈妈！"妈妈走进房间时，克杰勒立即和她打招呼。

他不敢问妈妈老师都和她聊了什么。

妈妈眼睛直视着克杰勒，

她在大桌子边上坐下来。

"克杰勒，你过来一下。"

克杰勒慢慢地站了起来，

他的双腿不住地发抖。

他坐在了妈妈对面。

"老师不相信你说的话。"妈妈开门见山地说。

克杰勒立刻沉默了，并努力收回惊讶的表情。

"老师认为是有人故意弄伤你的，是这样吗？"妈妈忧心忡忡地问。

克杰勒仍不吭声。

他心里在想，是应该继续撒谎？还是应该说实话？

可如果他告诉妈妈关于表兄弟们欺负他的事情，接下来又会发生什么？

谁会相信他说的话呢？

尤斯肯定会说，他应该采取防卫，保护自己。

"老师觉得你的伤是卢迪造成的。"

克杰勒听了这句话后大吃一惊。

老师怎么可能了解卢迪呢？他可是这个世界上最好的人！卢迪永远都不会伤害他！

克杰勒脸色苍白。

"不！"他突然大叫起来，"没有人弄伤我！我就是撞到柜子了！"

妈妈看了一眼克杰勒，

"你和老师说是亚扎咬伤的。"她说。

"那是因为老师不相信我。"

"可是你告诉尤斯，是从椅子上摔下来，摔伤的。"

"这也没错！"克杰勒怒吼了一声。

他把头埋在胳膊里，号啕大哭起来。

妈妈走到他身边，耐心地安慰他，

一直等到克杰勒停止哭泣。

"究竟发生什么了？我以前那个活泼开朗的克杰勒到哪儿去了？"妈妈满心担忧地说。

她用双手捧起克杰勒满是泪水的脸。

"不管怎样，我都不会让卢迪上楼进你房间了。"她说。

"不！不！"克杰勒尖叫道，"他根本没有伤害过我！"

他急得直跺脚。

"谁知道他有没有伤害你。无论如何，这个是老师的建议。我也答应他让卢迪远离你。如果真的有谁弄伤了你，只可能是卢迪。他有时候行为不受控制，他脑袋有问题。"

"不，这不是真的！"克杰勒撕心裂肺地喊道。

"是不是他用香烟烫伤你的手背了？一不小心？一不留神？你可以告诉妈妈。"

克杰勒不知道该说什么了。

事实就像铁板钉钉一样，不容他有任何分辩的余地。

"不……事实是……"

克杰勒沉默了。

他变得束手无策。

像一条毒蛇

克杰勒一整个星期都没有胃口。

下课后，他除了躺在沙发上以外，什么也不做。

在学校也没有一件事是顺利的，

算数时他犯了很多低级错误，

他完全无法集中精力。

昨天做阅读理解时，十分的满分，他却只拿了一分。

这样的分数是前所未有的。

课文上一个个单词就像一滴滴浮在水面上的油，他看了无论如何都记不住。

在学校的操场上，他像没头苍蝇一样漫无目的地走着，

就连尼克都不能说服他一起玩耍。

每次里克老师问他究竟怎么了，他总是一言不发地耸耸肩。

他能说什么呢？

一整个星期他都在纠结。

他对看电视失去了兴趣，

更别说看书了，

就连吃饭他都一点儿胃口也没有。

妈妈好说歹说，他才勉强吃点。妈妈想尽一切办法安慰他，尤斯也试着逗克杰勒。他向克杰勒展示抖动耳朵的特异功能，或者把克杰勒抱起来，让他骑在自己的肩膀上。

但是，克杰勒却怎么也高兴不起来。

他整天都坐在楼上客厅的沙发上，

几乎很少下楼去咖啡馆，

弹球机他更是碰都不碰，

这样他就不用面对卢迪了。

妈妈已经禁止卢迪和克杰勒见面。

克杰勒自己呢，又因为胆怯，不敢和卢迪解释究竟发生了什么。

他很后悔没有早点说出事情的真相。

我就是个胆小鬼，克杰勒想，我背叛了自己最好的朋友——亚扎和卢迪，我不敢说出真相。

愧疚感就像一条毒蛇，渐渐爬过克杰勒的身体。

这种感觉漫延到他全身。

他变得四肢无力，

他的心跳加速，

他感觉胃里也不舒服。

愧疚感随着他的血液，流淌到他身体各个角落。

现在，他坐在这里，孤零零一个人。

卢迪再也不会陪他一起玩了。

又变成妈妈为他准备三餐，但是味道远没有卢迪做的一半那么香。

"卢迪，卢迪，"克杰勒自言自语地嚷嚷道，"真的对不起。"

狂野怒火

又到了周末。

克杰勒躺在沙发上，用被子裹着身子，他感觉自己像是发烧了。

突然间，他听见楼道里传来一阵笑声，

是杰斯他们。

克杰勒赶紧把头藏进被子里。

表兄弟们蜂拥而入。

"他躺在沙发上。"杰斯小声地说。

"你好，克杰勒！你妈妈让我们上来陪你玩。"斯戴夫说。

克杰勒假装睡着了，没有听见他说话，他一动不动地躺着。

几个人面带惊讶地对视了一下。

卡尔坐在了克杰勒身边，掀开被子。

"走开！"克杰勒喊道。

卡尔吓了一跳，松开被子。

"来嘛，克杰勒，不要那么无趣。我们特意过来陪你玩，你配合一点好吗，不然你妈妈要生气了。"

克杰勒又躲进被窝。

"我不想和你们玩，走开。我再也不想见到你们了。"

他无助地蹬着双腿。

表兄弟们大笑起来。

"抓住他的腿。"杰斯命令其他几个兄弟。

斯戴夫和卡尔立即掀开被子，坐在了克杰勒的腿上。

杰斯用被子蒙住克杰勒的头，

克杰勒大叫起来。

他想方设法挣脱开来，但是却动弹不得。

杰斯从茶几上拿起一支圆珠笔，

他用笔尖使劲地扎了几下克杰勒的腿。

克杰勒疼得尖叫起来。

但是他的头被被子蒙住，声音变得很小。

"看来不给你点教训是不行的。"杰斯大笑着说。

克杰勒不停地用力挥动着手脚，

他在被子里好像快要窒息了一样。

表兄弟们趴在他身上，哈哈大笑。

克杰勒愤怒到了极点，他终于挣脱了他们几个，

然后使出全身的劲狠狠地咬了杰斯一口。

杰斯疼得叫出声来。

克杰勒双眼涨得通红，脸气得发黑，

他看上去可怕极了，像一头野兽。

斯戴夫和卡尔害怕了，他们赶紧朝门口跑了出去。

杰斯像一条被打败的狗，紧随他们而去。

克杰勒感觉到愤怒被排解出去的快感。

当看到他们落荒而逃时，克杰勒不禁笑了起来。

但是他整个身体都在发抖，

牙齿在不停地打颤。

他用被子裹着头，蹒跚着走回了房间。

超人担忧地看着他。

头晕目眩

里克老师在教室里来回踱步,

他的学生们正在做数学题。

教室里十分安静,他似乎都能听见孩子们思考的声音。

克杰勒装作正在做题,

但是他实在无法集中注意力。

他的思绪满天飞,

从数学题到他的表兄弟们,又从表兄弟们回到课堂上。

里克老师站在教室后面。

克杰勒感觉老师正盯着他看。他背上像装了一个雷达,

能接收到老师的目光。

"做好数学题的同学可以去阅读角看书。"老师说。

几个孩子从座位上起身,拿着书去了阅读角。

克杰勒一道算术题都没有做出来。

他在想卢迪和亚扎，

想那几个表兄弟。

如何才能摆脱他们呢？

还是应该告诉妈妈实情？

这样的话，妈妈就不会禁止卢迪和他见面了。

但是如果他实话实说，接下来会怎样？

妈妈会相信他的话吗？也许她会觉得克杰勒是想保护卢迪才这么说的……

婶婶们会怎样？杰斯他们呢？

也许他们会变本加厉地欺负他。

克杰勒的雷达发出警报，他感觉到老师朝他的方向走来。

里克老师看了看克杰勒的算数本，上面一片空白。

"克杰勒……你什么也没有写啊。"老师有点儿生气。

克杰勒没有回答。

老师没有立即发火，而是心平气和地看着他。他知道最近克杰勒有点儿不对劲。

他在克杰勒座位边上蹲了下来，

"到底怎么了？"他几乎用恳求的声音问克杰勒。

克杰勒默不作声，看着老师。眼神却像是透过老师，看向了远处。

里克老师摇摇头。

"来，跟我去黑板那儿。你可以在那儿做练习。"他说。

克杰勒点点头。

他完全没有注意到其他同学看他的眼神。

他像是聋了一样，站在黑板前。

老师站到他身边，

"天啊，你的腿怎么了？"老师吓了一跳，

"怎么青一块紫一块？"

克杰勒不知道该怎么说。

突然，他什么声音也听不见了，

教室的墙在他眼前旋转起来，

老师变成了重影。

他头晕目眩，

周围一切都在旋转。

克杰勒紧紧抓住黑板，

老师赶忙扶住他，并把他抱了起来。

"我带你出去，克杰勒。你需要点新鲜空气。"

里克老师抱着克杰勒，飞快地跑出教室。

克杰勒的同学担心地看着他们出去。

没有一个人说话，就连尼尔斯也没有吱声。

"不能再这样下去了！"老师在教室外面低吼了一句。

像石头一样沉默

里克老师和克杰勒一起坐在电视机房，

克杰勒感觉好了些。

老师给他倒了一杯巧克力牛奶，并拿了一块糖霜华夫饼给他。

老师在批改作业，克杰勒在一旁画画。

教导主任进来过几次，

每次进来都看看克杰勒。

"校医一会儿就来。"他在里克老师耳边轻声说。

森林里有三棵巨大的树。

每棵树后面都藏着一只大灰狼。

老师看了看克杰勒的画作。

"画得真好。"老师说，"你很有绘画天赋，你知道吗？"

克杰勒笑了笑。

树林中躺着一只公山羊和一只小羊羔。

小羊羔的头倚在公山羊背上。

大灰狼的眼睛变成了火红色。

有人敲门，

教导主任和一个秃顶的男人走了进来。

"你好，克杰勒。"校医冲他打招呼，

他把手里拎着的黑色箱子放在了椅子上。

里克老师和他握了握手。

医生坐到克杰勒身边，

"你画得真棒啊！"校医赞叹地说。

克杰勒继续画起来。

大灰狼们流着口水。

公山羊和小羊羔上方多了个梦想框。

"克杰勒，我想检查一下你的身体。主任告诉我，你身上青一块紫一块的，是这样吗？"

克杰勒不知道该说什么好。

"可以把衣服脱下来吗？"

"咱俩出去一会儿。"主任对老师说。

克杰勒紧张地看着老师,

"里克老师不要走。"他突然说。

"如果你愿意的话,我当然可以留下来。"

主任走了出去。

克杰勒把衣服脱下来,只穿了一条短裤。

医生仔细地检查了一番,

"你身上的淤青是怎么来的?"

克杰勒抿紧嘴唇。

不是吧,又是这个问题!他心里想。

医生轻轻摸了摸他腿上青紫色的伤口,"看上去像是被什么东西扎的。"

克杰勒咬紧牙关。

医生抓起里克老师的手,微微捏了一下。

"是不是有人拿东西扎你的腿了?"

医生问道。

克杰勒像石头一样沉默,

他不想再谈起这件事。

"你说话呀,克杰勒。"老师说。

克杰勒不知道还能编出什么理由来。

他看了看放在画纸上的铅笔,

"昨天我画画的时候不小心用圆珠笔扎了自己的腿。"他又一次撒谎了。

他仿佛看见卢迪悲伤的神情浮现在他眼前。

超人摇了摇头。

表兄弟们一边点头，一边狰狞地笑着。

他们睁着火红的眼睛，口水从嘴角直流下来。

医生摇了摇头，

"这是一起虐待儿童事件。"他小声地对里克老师说。

"我也觉得是。"老师小声回答道。

"你还是和他好好聊聊吧，我觉得他挺信任你的。"医生轻声说。

两人说话的时候，克杰勒又拿起笔，继续画了起来。

公山羊和小羊羔在做梦。

公山羊梦见了一幢房子。

小羊羔梦见了超人。

"把衣服穿好吧，克杰勒。"医生说。

他拿起箱子，看了克杰勒许久。

"克杰勒，你真的不能告诉我，这些淤青是怎么来的吗？"

克杰勒假装什么都没有听见。

他把毛衣套在头上，就那样在椅子上坐着不动。

这样他就谁都看不到了。

医生一边摇头，一边走了出去。

等他出了门，克杰勒才把毛衣从头上拽了下去。

小羊羔和大灰狼

里克老师盯着前方若有所思。
克杰勒在画纸后面画了几幅新的图。

还是森林里的三棵树。
大灰狼们扑向小羊羔。
小羊羔独自在那里。
公山羊没有了踪影。
最大的那匹狼咬住了小羊羔的脖子。

克杰勒突然发起抖来，
他一把扔掉了铅笔。
老师惊讶地看着他，
　"你怎么了，克杰勒？"

"大灰狼把我弄疼了！"克杰勒一边说，一边用手指着他刚刚画的图。

"为什么？"

"我感觉到小羊羔的疼痛了。"克杰勒声音颤抖地说。

老师皱起了眉头，

"你就是那只小羊羔吗？"他问。

"是。"克杰勒的回答声轻得像蚊子叫。

"那些大灰狼是谁？"

"最大的那只是杰斯。左边是卡尔，右边那只是斯戴夫。"

"他们是你的朋友吗？"

"不！他们是我的表兄弟。不是真正的表兄弟，是妈妈的男朋友尤斯的家人。"

里克老师想了想，

"你为什么把他们画成了大灰狼？"他问道。

"如果有大人在，他们就表现得很友好。他们就和《小红帽》里的狼外婆一样虚伪。如果大人不在，他们就伤害我。"克杰勒哭丧着说。

"他们伤害你了，对吗？"里克老师轻声问他。

"是的。"克杰勒提心吊胆地承认道。

里克老师把画纸的另一面翻过来，

"那这只公山羊是谁呢？"他问道。

"是卢迪。他有时候会学山羊跳。"克杰勒笑着回答。

老师也笑了起来。

"卢迪是我最要好的朋友。"

"他伤害过你吗？"里克老师小心翼翼地问道。

克杰勒的脸突然涨得通红，

"从来没有过！他永远也不会伤害我的。"他愤怒地说。

"但是卢迪的脑子有点问题，你妈妈说他甚至有点神经病。"

"卢迪没有神经病！其他的人才有病。他们去逗他，因为卢迪喜欢让别人高兴地笑，而且会说一些奇怪的话。但这都是他在船上出了一次事故造成的。"

"我看见你画了个梦想框。"老师指了指他的画。

"是啊，卢迪梦想有一幢漂亮的房子，他很想和妈妈住在里面。他喜欢我妈妈，但是我妈妈不喜欢他。如果卢迪是我的爸爸，一定会是个特别好的爸爸……"

"是啊……那么你呢？你的梦想是什么？"

克杰勒的眼睛开始闪闪发光，

"我想成为超人，我想和他一样强壮，这样我就可以帮助有需要的人了。"

老师看着克杰勒。

他抚摸着他的头发，然后哈哈笑了起来。

"你这个小傻瓜。"他和蔼地说。

克杰勒也跟着老师笑了起来，一直到笑出眼泪。

他终于觉得自己一身轻松了，

他很久没有这样放松地笑过了。

被关起来的狼

克杰勒和妈妈、尤斯一起坐在餐桌前吃早餐。

上次大家一起吃早餐已经是几个月以前的事了。

和家人大吵一场后，尤斯变得沉默了许多。

上周，在和校医及里克老师碰面后，尤斯和叔叔婶婶们发生了剧烈的争吵。

克杰勒在楼上都能听见争吵声，

还好妈妈和克杰勒在一起。

"这件事尤斯应该自己解决。"妈妈说。

当他们开始摔杯子的时候，克杰勒吓得躲进了妈妈的臂弯里。

其实妈妈也很害怕。

克杰勒都能听到妈妈的心跳声，很快很快。

那场争吵后，婶婶们和表兄弟们再也没有来过咖啡馆。

她们根本不相信尤斯，

她们并不认为是自己的儿子伤害了克杰勒。

"是你们把克杰勒宠坏了！

他在家要什么就得到什么！安娜特应该好好管教一下他！"婶婶们对尤斯吼道。

她们把玻璃杯摔得满地都是，然后飞快地跑出了咖啡馆。

"我们再也不会踏进这个咖啡馆半步！永远不！你听见了吗！"她们一边跑，一边大叫道。

尤斯被她们气坏了。之后整整一个小时他都坐在吧台后面，一直在那儿哭。

妈妈怎么安慰都没有用，

他对自己的家人失望透了。

不过现在，一切都恢复了正常。

克杰勒再也不用担惊受怕地在家里走动了。

安娜来咖啡馆帮妈妈的忙，

当然，妈妈要给安娜支付工资。但是妈妈说，工资比她给婶婶们的小费少多了。

妈妈答应克杰勒，每周三下午她都会停止营业。

这样她就可以有时间和克杰勒一起去买菜，然后一起吃冰激凌。

楼梯处传来一阵脚步声，

克杰勒赶紧喝了口牛奶。

门开了。

"早上好，红毛。"妈妈和他打招呼。

"早，早！"卢迪一边唱歌，一边欢快地跳了一下。

大家都笑了起来。

"准备好了吗，克杰勒？"卢迪问。

克杰勒跳了起来，从沙发上一把抓起书包。

他分别亲了妈妈和尤斯一下。

"作业都做好了?"

"当然啦,卢迪老师!"克杰勒笑嘻嘻地说。

"太棒啦!"

他们一起走下楼梯。

妈妈透过窗户往外看,

克杰勒正牵着卢迪的手。

"红毛是个好人,看得出来,我们的克杰勒现在又开心
了。"她对尤斯说。

尤斯笑了笑,把妈妈搂在他宽阔的臂弯里。

到了校门口,克杰勒和卢迪告别。

彼得扬和尼克已经在门口等着他，

他们立刻开始踢起足球来。

克杰勒最喜欢踢足球。

卢迪点燃一根雪茄，看着克杰勒和他的小伙伴们玩。

昨天克杰勒踢进了一个球，

卢迪高兴地跳起来，嘴里叼着还在冒烟的雪茄跳了一圈舞。

学校一切都恢复了正常。

里克老师对克杰勒很好，甚至比以前更好。

他更注意保护克杰勒，不让他再受到伤害。

大灰狼被关在了玻璃相框里，再也不会出来害人了。

他们被挂在老师的办公桌前的墙上，

这样他们就再也无法逃脱了。

除了本书,《瓦力·德·邓肯作品系列》还包括以下几种:

《健忘的爷爷》

汉娜的爷爷感觉到自己逐渐年迈,体力日渐衰退,已经无法照顾自己了。和家人商量后,他坚持要搬去养老院。要远离舒适的家,去一个陌生的地方,这个过渡对他而言并不那么容易。汉娜一有空就去养老院探望爷爷,不过她发现爷爷时不时举止怪异。他管汉娜叫丽希尔,同样的问题能重复问上三遍。此外,他变得越来越健忘。刚开始汉娜并不理解爷爷,但渐渐地,她开始接受爷爷现在的样子,这样的爷爷也有有趣的一面。

在《健忘的爷爷》一书中,汉娜通过探望爷爷,接触了养老院里患有老年痴呆症的老人们。虽然爷爷能做的事越来越少,但这丝毫不影响汉娜爱他的心。这是一本适合八岁以上儿童阅读的温暖的书。

成人也能从这本书中得到很多。作品巧妙的内容,给人们带来了很多反思。

《从何时开始》

斑点是一条狗，鼠儿是一只猫。他们共同生活在作家的院子里。斑点能够通过胃的感觉分辨出天气的好坏。他告诉鼠儿，但是她并不在意。

花园里下起了暴雨，造成了严重的后果：冰雹将露台的顶棚打落成碎片，大风吹倒了一排树，整个花园都被毁坏了。燕子掠过地面，海鸥因为两极融化而感到悲伤。地球开始变暖，斑点和鼠儿注意到了这个不好的征兆，但是多数人们似乎毫无察觉。

这本书讲了一个全球变暖的故事。当你经历过暴风雨的时候，你将会用一个不同的方式看待生活，它使你思考和反思。书的最后有许多关于故事的问题。拼贴风格的黑白插画使文本更有诗意。

《鸣叫的鱼》

　　一只麻雀站在水沟旁。她不愿意再做麻雀，她想成为一只孔雀，或者一只猫咪，一只熊。但麻雀就是麻雀，现在如此，将来也是如此。

　　或者会有转机？当麻雀遇见了鱼儿，他们成了好朋友，一起游泳，一起欢笑。麻雀想和鱼儿交换身体，于是他们一起念鼹鼠教的口诀，念完口诀，麻雀突然变成了鱼儿，鱼儿突然变成了麻雀，这真是很荒谬……

　　但是麻雀有着鱼儿的思想，鱼儿有着麻雀的思想。

　　这谁也改变不了，无论是蟾蜍还是老鹰，无论是奶牛还是布谷鸟，无论是白云还是大海。

　　瓦力·德·邓肯用简短的句子写出了一个发人深思的故事。你会一直做原本的自己吗？你希望改变吗？别人希望你改变吗？对于这个问题，麻雀和鱼儿心中都有了答案。潜入水沟深处，翱翔在蓝天之上。

《和尾巴聊天》

斑点是一条狗,鼠儿是一只猫。他们共同生活在作家的院子里,每天都在一起嬉戏。尽管他们时常捉弄对方,但仍然是相亲相爱的好朋友。

有一天,刚出生不久的小山羊小点点突然失踪了,大家惊慌失措,又因为胆怯而束手无策,只有斑点和鼠儿自告奋勇要把他找回来。寻找小点点的过程充满艰辛,因为没有谁能够或者愿意帮助他们:蜉蝣的寿命只有一天,她想尽可能多地吃掉一些空气;刺猬除了在奶牛身体下面喝奶以外,对其他事情没有任何兴趣;野鸡的一生都在逃亡,而树木却不会说话。在一片树林里,斑点和鼠儿被一群饥饿的鸟儿吓坏了,可怜的小山羊似乎要成为他们的腹中之物了。

这部作品用诙谐的笔调讲述了一个关于动物的有趣的冒险故事。故事里勇敢的狗和无所畏惧的猫都非常喜欢思考,并常常交流彼此的思想。本书曾获得2007年比利时少年儿童文学奖。

《影子的故事》

　　如果太阳高高挂在天上，云的位置刚刚好，空气足够厚，那么你就有百万分之一的机会和自己的影子说话。这样的事发生在了拉尔斯身上。

　　小黑是拉尔斯的影子，用拉尔斯脑海里的声音说话。拉尔斯想了解小黑世界的一切，于是自己变成了影子，小黑则进入拉尔斯的身体里，他享受着自己感觉到、闻到、尝到、看到和听到的一切。

　　妈妈发现情况有些不对劲。

　　拉尔斯还会回到现实生活中吗？

　　瓦力·德·邓肯常常被一些无法解答的问题萦绕着，他将这些问题融入自己的作品中。

　　克里斯多夫·德弗斯曾读过图文设计专业，是一名插画师。他颇具特色的插画为这部作品锦上添花。